全彩漫畫版

莎拉公主
A Little Princess

歐美小學生指定必讀的經典名作

感謝各界好評推薦

「悅讀名著漫畫版」風格清新不俗，畫風、顏色及設計典雅，內容寓意深遠，想像力豐富。精緻的漫畫與經典名著的融合，必能激發孩子閱讀興趣，溫暖、啟迪孩子良善與純真的心靈，培養孩子好性格以及正確的價值觀，值得細讀品味，一讀再讀。

實踐大學創新與創業管理研究所暨家庭教育與兒童發展研究所教授・中華創造學會理事 **陳龍安**

當名著遇見漫畫，名著的光芒再度被點亮。名著裡的人物現出身影，名著裡的事物有了鮮明的畫面，名著裡的經典對白迴盪其間……視覺的美感輔助了閱讀，小讀者輕鬆、愉快的閱讀了它，在小小的年齡就能接觸到名著，感受文學的趣味。

中華青少兒童寫作教育協會理事長 **楊佳蓉**

孩子們小時候所受到的文化衝擊，對他們一生都有重大的影響，小時候就看過經典名著的孩子，當然會比較有思想。只可惜因為某些名著的篇章過多，使得沒有閱讀習慣的現代兒童往往缺乏興趣接觸。「悅讀名著漫畫版」的出版，給孩子開了一扇通往真、善、美的窗扉。

清華大學資訊工程系教授 **李家同**

2

對小孩來說，圖像是最親切的吸收管道。透過漫畫接觸偉大經典，是讓小孩們熟悉好故事的絕佳途徑。

期望我的孩子們也在這些精采故事與豐富圖像的氛圍下長大，具備想像力與說故事的能力。

TVBS〈一步一腳印，發現新臺灣〉製作主持人 詹怡宜

經典名著是文學上的藝術精華，圖像閱讀是現代兒童接觸文學的趨勢。以漫畫方式將書中重要概念或對話圖像化，可引領孩子輕鬆進入文學世界，建立自我閱讀的自信，未來更樂於親近原著，讓文學的影響力深植其心靈深處。

知名童書作家 嚴淑女

現在的孩子接觸電腦、電視的機會增多了，長期接受聲光的刺激使得他們閱讀書本文字的興趣降低。出版社真有智慧，精心推出了名著漫畫，提供學子們「悅」讀，實在令人感佩！尤其是把哲理融入漫畫中，孩子不去思考、不喜歡它，也還真難呢！

國立臺灣師範大學人類發展與家庭學系副教授 鍾志從

如果一本感動人心的世界名著能讓小朋友願意自動親近，那會有多好；如果一本發人深省的文學作品能用漫畫形式讓孩子學會慢慢思考，那會有多棒。我想這套「悅讀名著漫畫版」做到了，建議您可以大方的讓孩子看，把這套書當成一個個淺淺的樓梯，讓孩子慢慢登上閱讀世界經典作品的殿堂。

故事屋負責人 張大光

漫畫不同於繪本及文字書的文學創作形式，能提供小讀者更多元的閱讀享受。「悅讀名著漫畫版」讓孩子多了一種形式接觸世界名著，「好的漫畫」加上「好的作品」，真是高級的閱讀享受！

中華民國兒童文學學會理事・新北市板橋國民小學教師 江福祐

許多的世界文學名著字數都不少，對於期待接觸美麗文學世界的兒童而言，往往還沒開始接觸就已經結束，錯失了閱讀文學經典的機會。「悅讀名著漫畫版」系列以兒童最喜歡的漫畫方式，詮釋世界著名的文學經典，打開兒童接觸文學世界的大門，讓他們輕鬆、快樂的享受閱讀文學的樂趣。

臺北市興雅國民小學幼兒園教師 趙恕平

知性的童年、豐富的人生！閱讀是一生的學問。若我們讓孩子從小培養良好的閱讀習慣，就是給了孩子一個終生受用、最有價值的禮物。「悅讀名著漫畫版」系列，以淺顯易懂的文字與豐富圖像的漫畫形式，為孩子開啟閱讀世界名著的一扇窗，幫助孩子在充滿樂趣的閱讀歷程中，喜歡閱讀，享受閱讀，學會閱讀。

資深閱讀推廣人 蔡淑媖

目錄

克瑞維船長

莎拉的父親,為了
和友人開採鑽石而
遠走他鄉。

莎拉

心地善良、品格高貴,
具有公主氣質的女孩,
有著即使陷入逆境也
絕不屈服的堅強。

明晴小姐

明晴女子學院的負責
人,個性苛刻、勢利。

鄂門佳德

個性軟弱,常被
同學欺負,受到
莎拉的照顧而和
她成為朋友。

因為失去媽媽而時常
哭泣、吵鬧的女孩,
是學院裡的愛哭鬼。

樂蒂

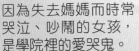

貝琪

明晴女子學院的女傭,
相當崇拜莎拉,是她患
難與共的知心好友。

第1章

莎拉

啊！讓我來介紹一下，這位就是艾蜜莉。

她是爸爸買給我的洋娃娃，也是我最好的朋友。

爸爸不在身邊的時候，她會陪著我、聽我說話。

12

嗯……這個嘛！

不管莎拉需要什麼，請盡量買給她吧！所有的費用，我的律師都會幫我支付。

出手還真是大方呢！看來，除了學費，學校應該也會得到不少贊助。

是。我知道了！

莎拉可是我最心愛的小公主呀！

希望你們能幫我好好照顧她。

14

克瑞維船長，請儘管放心。

像這種家長，只要多誇誇他的孩子，就會多捐些錢給學校了。

像莎拉這麼漂亮又聰明的孩子，有誰會不疼愛她呢？

咦？她說我漂亮？才怪！我一點都不漂亮。她大概對所有送孩子來這裡的父母都這麼說吧！

我們一定會盡心盡力，好好照顧她。愛梅莉雅，你說是不是？

是的。

那就好！

啊！時間到了，我該離開了。

爸爸，我會努力學習的！

明晴小姐，錢的事不用擔心，

莎拉若需要什麼，請務必買最好的給她。

呵呵～好的、好的。莎拉在這裡一定會過得很好的。對吧？

嗯……

轉頭

………

愛梅莉雅，還站在那裡幹麼？快帶她進來！

是的。。姊姊

抱緊

爸爸……

再見了！
請保重……

第2章

最好的朋友

今天也是愉快的一天喔！

啦啦啦！

艾蜜莉，早安！

居然整天對著洋娃娃自言自語？

我幫你梳梳頭，你不要亂動喔！

這女孩……該不會有什麼問題吧？

明晴小姐，請問有什麼事嗎？我們要開始上課了。

杜法吉先生，今天班上來了一位新學生，我只是擔心她，所以想留下來看看情況，希望你別介意。

這孩子的父親希望她能學法文，但是，我看她好像對法文有偏見……

而且不太想學的樣子。

這個新學生就是——莎拉·克瑞維。

咦？不太想學？

28

接著，莎拉開始用法文說話⋯⋯

吸氣

大家好！我的名字是莎拉‧克瑞維！

我的爸爸是一位船長。

驚訝

我的媽媽是法國人，她在生下我之後就去世了。

不過，我相信，她一定在天堂的某處看著我、守護著我。

莎拉同學真是了不起⋯⋯

她到底說些什麼啊？這麼難學的法文⋯⋯她居然會⋯⋯

38

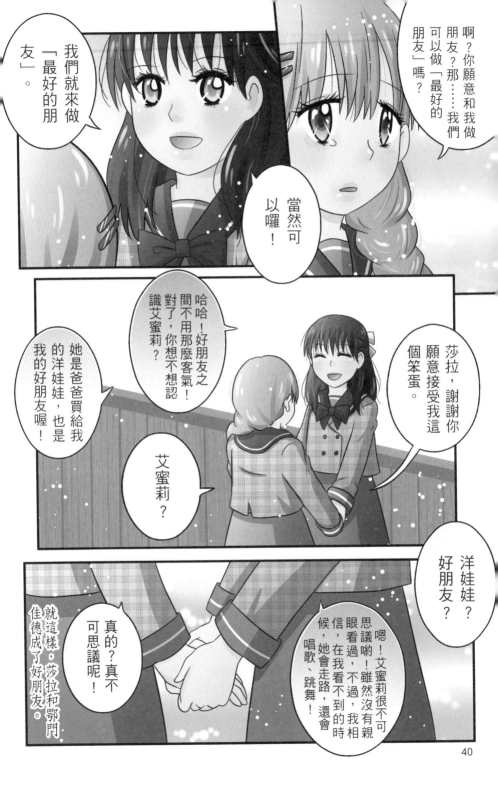

啊？你願意和我做朋友？那⋯⋯我們可以做「最好的朋友」嗎？

我們就來做「最好的朋友」。

當然可以囉！

哈哈！好朋友之間不用那麼客氣！對了，你想不想認識艾蜜莉？

她是爸爸買給我的洋娃娃，也是我的好朋友喔！

莎拉，謝謝你願意接受我這個笨蛋。

艾蜜莉？

洋娃娃？好朋友？

嗯！艾蜜莉很不可思議啊！雖然沒有親眼看過，不過我相信，在我看不到的時候，她會走路、還會唱歌、跳舞⋯⋯

真的？真不可思議呢！

就這樣，莎拉和鄂門佳德成了好朋友。

40

唉！這孩子很麻煩，我們都管不了她。你真的有辦法嗎？

是的。

啊！我突然想到，外頭還有點事情要處理。莎拉，樂蒂，就交給你囉！

難怪她這麼傷心……

真是可憐！沒有了媽媽……

哇～

從這一天開始，莎拉就成了樂蒂的媽媽……

莎拉，你好厲害喲！聽說，你安撫了樂蒂，她最近比較不愛哭了。

愛梅莉雅老師說，你真是幫了她一個大忙呢！

沒什麼啦……能幫上忙就好。

天啊！真是受不了這種愛管閒事的人！

第4章

小女傭貝琪

只要有她在的地方，她總是被眾人包圍著⋯⋯

大家都期待著聽她講述一個又一個精采的故事⋯⋯

啊！她的氣質、她的胸襟，就像一位高貴的公主。

就連她說出的話，都是那麼夢幻、美好。

月光照映在海面上，閃耀著迷人的藍光⋯⋯

這時候，海裡浮現了一個人影⋯⋯

啊！好動聽的故事！

不！不是人，是一位美麗的人魚公主！

專注

之後，莎拉開始注意貝琪的一切。她常常被人大聲使喚。

總是遭到明晴小姐責罵。

不但工作多到做不完，看起來更是從來沒吃飽的樣子。

貝琪不要緊吧？

小小年紀就要做這麼多事，可不要累壞了才好。

我怎麼可以吃你的東西呢！而且，這些餅乾很貴吧？

呵呵～東西本來就是要和朋友分享的呀！

請吃吧！

莎拉的微笑是那麼令人難忘，就像真正的公主，高貴又溫暖。

謝謝你！莎拉小姐。你對我太好了。

咬

好好吃喔！

莎拉請我吃了很多餅乾，一點也不吝嗇。

別客氣，好吃就多吃一點吧！

晚安！工作不要太累了。

公主……

嗯？

莎拉小姐，晚安！今天非常謝謝你。

莎拉小姐，你真像是一位公主！

在貝琪心目中，莎拉的大方、優雅和對她的包容，跟真正的公主沒什麼兩樣。

第 **5** 章

生日宴會

從現在起，你最好別再幫莎拉付任何費用了。

她趕出去！我要馬上把可惡……

太過分了！我已經在莎拉身上花了不少錢……現在要向誰去討？

驚
！

咦？

明晴老師？

請問，為什麼突然要停止生日宴會呢？

爸爸……
爸爸……
死了？

好了，大家都回自己房間去！莎拉，還不快去把你身上的禮服換下來！

……

一片安靜

轉頭

我可以讓你留下來，但是，你必須工作才有飯吃！你要負責指導低年級的法文。

真的嗎？我可以留下來嗎？謝謝你！明晴小姐。

就這樣，莎拉開始了不同於以往的人生……

莎拉？

這女孩是怎麼回事？父親死了還一副若無其事的樣子。

我會給你薪水，不過很少，另外，別忘了，你還欠學校很多錢！

你怎麼了？看起來很沒精神。

沒什麼。我只是在想一些事情……

我們得快點把工作做完，才能去吃飯喔！

嗯！

假裝沒看見

是鄂門佳德和樂蒂耶！

你們好！

樂蒂，要上課了，我們快回教室吧！

……

拉近

回頭

你可要好好的認真工作，要不然會沒飯吃的喔！

記住，千萬不要偷懶，讓我發現了，我會去跟明晴老師說！

轉身

……

呦哮

莎拉的工作很吃重，而且，她經常是在沒有休息、沒有吃飯的情況下，度過悲慘的一天⋯⋯⋯

每天晚上，當她拖著疲憊的身軀，回到破破爛爛的閣樓⋯⋯⋯

好累喔⋯⋯⋯

艾蜜莉⋯⋯我來陪你了。

還好明晴小姐答應讓你留下來陪我⋯⋯

現在，我只剩下你了。唉～

放∫

今天還是做了好多事，也沒有吃東西⋯⋯我好累、好餓⋯⋯

94

這閣樓的環境看起來很糟耶！

莎拉，白天時那樣對你，真的很抱歉。因為我們擔心，拉維妮亞又會跑去跟明晴小姐打小報告。

小老鼠？

哈哈！牠們比蟑螂好多了。

還好啦！有小老鼠陪伴我。

再說，我還有貝琪和你們這些好朋友呀！

呵呵呵……

破爛、冰冷的閣樓裡，莎拉有了朋友的陪伴，內心洋溢著一股暖流……

第 **7** 章

五個麵包

淅瀝─

淅瀝─

淅瀝─

淅瀝─

有一天，外面下著滂沱大雨，明晴小姐居然要莎拉上街去買東西。

好冷～～手指都凍僵了……肚子也餓得快抽筋……

這雙破爛的鞋子一直進水，雙腳又冷又不舒服。

媽媽，你看那個人！

淅瀝─

淅瀝！

雨下得這麼大，她也沒有雨傘！

她穿得好破爛喔！

哎呀！真是可憐！

孩子，這些錢你收下吧！

啊！

謝謝你的好意。可是，我並不是乞丐呀！

淅瀝！

我看起來真的像乞丐嗎？

啊！麵包店的香味⋯⋯肚子又叫個不停了。

看起來都好好吃喲！如果我有錢，就可以買來吃了。

她看起來好像很久沒吃東西了。

是乞丐嗎？

唉！我也沒有食物可以分給她……

咦？那是……

是別人掉的錢嗎？

第 **8** 章

新朋友

真是個難得的好天氣呢！

隔壁那間房子……好像有人搬進來了呢！

眼神憂鬱

羅穆達斯

是印度人嗎？他看起來好像很不快樂。

請問……你還好吧？
（印度語）

你？

驚！

你會說印度語？
（印度語）

原來是這樣。
（印度語）

是的。因為，我曾經在印度住過一陣子。
（印度語）

你看起來不怎麼快樂，為什麼呢？

於是，莎拉和羅穆達斯用印度語聊了起來。

因為主人生病了，我心裡非常難過，也很擔心。

唉！

還有，就在不久前，主人的好朋友去世了，而且，他那位朋友的女兒到現在還下落不明……

這些煩心的事情，都讓主人心情況重……

病人如果心情不好，身體也無法盡快恢復健康。我真的不知道該怎麼做，才能讓主人快樂一點。

原來是這樣。你真是一個體貼的人。

有了！

我媽媽說過，聽故事可以讓人心情愉快一點。

你可以說故事給主人聽，也許會有用喔！

我想起來了！

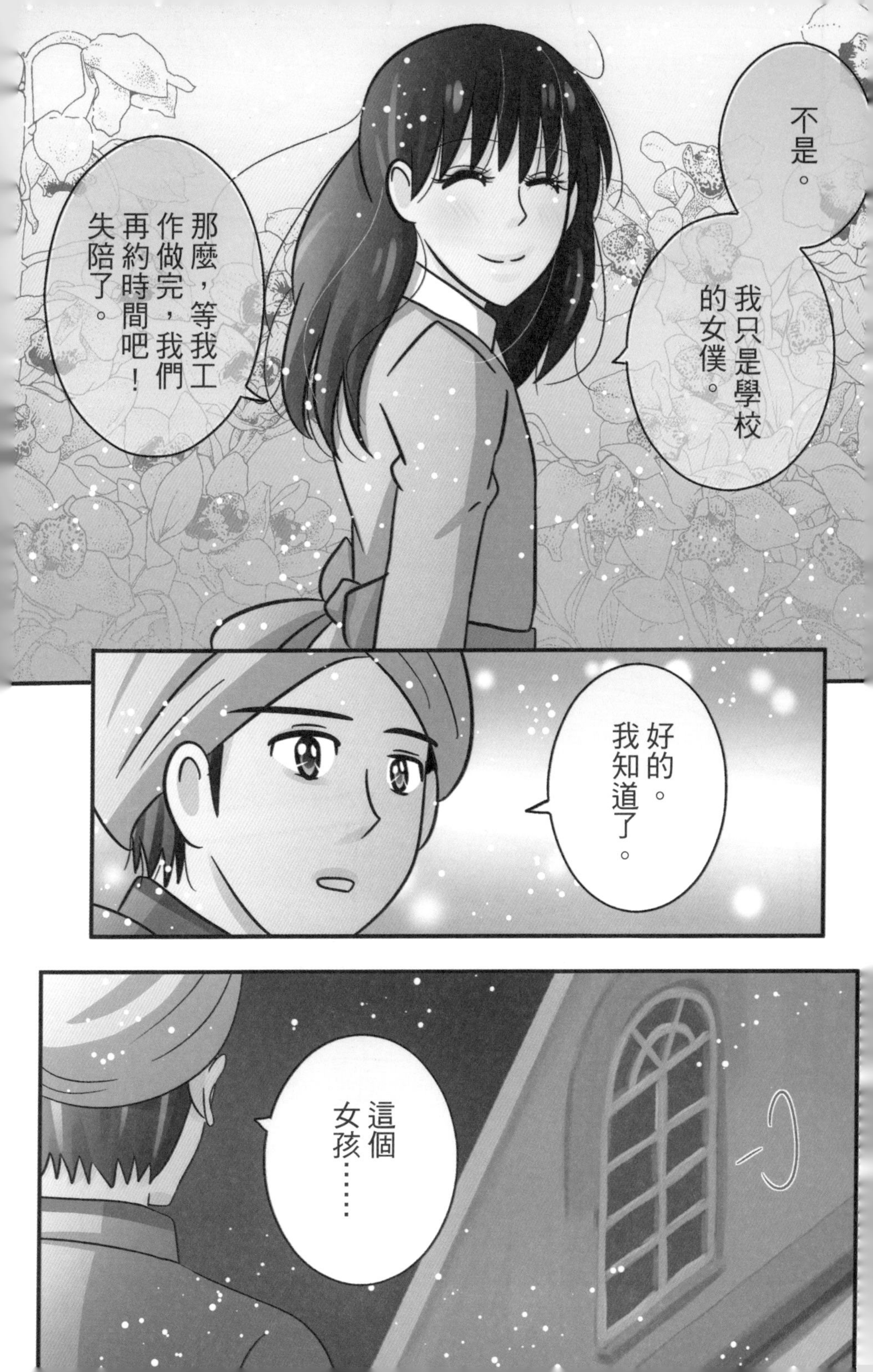
不是。
我只是學校的女僕。
那麼，等我工作做完，我們再約時間吧！失陪了。
好的。我知道了。
這個女孩……

從那天開始……

只要到了可以休息的時間，莎拉便會說故事給羅穆達斯聽。

就算工作再累，只要一講起故事，莎拉總是神采奕奕。

從她的談吐中，羅穆達斯覺得，莎拉有一股高貴的氣質。

不知不覺間，兩個人也變成了朋友。

為了和我一起投資新的事業，我的好友不幸病死在印度……

臨終前，他念念不忘的就是還在英國等他的女兒。

他是那麼信任我，無論如何，我都要找到他的女兒才行！

如果那個女僕就是我們要找的女孩，那該有多好？

雖然是兩個不同命運的女孩……她們唯一的共同點卻是……

我親愛的摯友……羅夫·克瑞維。

請幫助我，讓我早點找到你的女兒吧！

第 **9** 章

魔法晚餐

又一天結束了。

貝琪，累了一天，早點去睡吧！晚安。

晚安，莎拉小姐。

呼～好累……今天還是沒有晚餐可吃……

到底，這樣的日子還要持續多久呢？

132

不可思議的魔法晚餐讓疲憊的莎拉和貝琪飽餐了一頓。

兩人度過了一個驚奇又開心的夜晚。

第二天。

呀！
呀！

張開

啾！啾！啾！

……

爬起

空無一物

消失了……
果然是魔法……

但是，昨天吃飽的感覺都在……
好幸福！

134

但是，工作實在太多了。這一天，莎拉還是無法達到明晴小姐的要求，所以，只能繼續餓肚子……

然而，她心中卻有另一個期待……

咔！

哇——

今天也有豐盛的魔法晚餐耶！真是太幸福了。

不可思議的魔法再現⋯⋯然後，到了隔天早上又消失⋯⋯就這樣，持續了一段日子，直到有一天⋯⋯

哈哈哈！那我們就開動吧！

啊！

！

哈哈哈！那是因為，聽了你的故事，讓生病的我感覺好多了。所以，應該好好謝謝你！

就算是這樣⋯⋯你對我也太好了⋯⋯

其實，我一直在找一位已逝友人的女兒，或許是因為，你的年紀跟她差不多，我才會把感情轉移到你的身上。

原來是這樣。那個女孩真可憐⋯⋯

第 **10** 章

奇妙的改變

什麼？

羅夫・克瑞維是你的父親？孩子，你叫什麼名字？

我叫做莎拉・克瑞維。

我的父親羅夫・克瑞維，大家都叫他克瑞維船長。

貝琪說故事

莎拉小姐的事情很快就傳回學校，大家都議論紛紛。

我替莎拉小姐感到開心。她果然是一位真正的公主——貨真價實的鑽石公主！

明晴小姐原以為莎拉小姐會報復，沒想到，她反而捐了一大筆錢給學校。

這讓明晴小姐和愛梅莉雅老師十分感激，學校終於能繼續經營下去了。

而且，莎拉小姐也能再和好朋友鄂門佳德和樂蒂一起念書、學習了。

拉維妮亞的態度也改變了不少。但是，因為往後要繼承家業，她決定離開學校，回到家鄉學習做生意。

莎拉小姐也捐了一筆錢給麵包店，她希望，從此以後，挨餓的孩子都能有免費麵包吃。麵包店老闆娘則收養了那個受莎拉小姐幫助的孤兒當學徒，這讓她感到又驚又喜。

因為還有一些事情要處理，莎拉小姐必須親自到印度一趟。卡里斯福德先生和羅穆達斯先生也會一同前往。他們就像一家人，相處得很好。

我們要出發了！

貝琪！

是的！馬上來！

漫畫版世界名著
莎拉公主

原　著：法蘭西絲‧霍森‧班內特
漫　畫：繁井
發行人：楊玉清
副總編輯：黃正勇
編　輯：許齡允
美術編輯：游惠月

出　版：文房(香港)出版公司
2018年12月初版一刷
定　價：HK$48
ISBN：978-988-8483-21-1

總代理：蘋果樹圖書公司
地　址：香港九龍油塘草園街4號
　　　　華順工業大廈5樓D室
電　話：(852) 3105 0250
傳　真：(852) 3105 0253
電　郵：appletree@wtt-mail.com

發　行：香港聯合書刊物流有限公司
地　址：香港新界大埔汀麗路36號
　　　　中華商務印刷大廈3樓
電　話：(852) 2150 2100
傳　真：(852) 2407 3062
電　郵：info@suplogistics.com.hk